我摺疊著我的愛

席慕蓉

【代序】

關於揮霍

錦媛：

功課忙嗎？我可以想像你在書桌前聚精會神的樣子，還有周圍那滿滿的書。

與你相比，我的閱讀好像是太隨興了吧。有時候，會去買一本書只是因為書裡的一句話。

前兩天，在商務印書館看到梁宗岱的《詩與眞》，原來只打算稍微翻翻就放下來的，可是，忽然看到一個句子，就是但丁《神曲》裡的第一句。

平常我所讀到的這句，不外是：「當我行走在人生的中途」、「當人生之中路」，或者是「當我三十五歲那年」這樣的譯文。

然而，梁宗岱譯出的卻是：

「方吾生之中途」……

這麼端麗的句子，是對人心的一種碰撞。

能夠譯出這麼美好的感覺的人，寫的書應該也很可看，於是，我就買了這本書，並且在回淡水的捷運上，迫不及待地讀了起來。

果然，雖說是遠在民國十七年到二十五年這幾年寫成的文章，可是，一翻開來，有許多段落就好像是此時此刻專門在爲我解說的一樣，使我不得不一頁頁地細讀下去。

在說到爲什麼鍾嶸竟然只把陶淵明列爲「中品」時，梁宗岱是這樣解釋的：

「……我以爲大部分是由於陶詩的淺易和樸素的外表。因爲我們很容易把淺易與簡陋，樸素與窘乏混爲一談，而忘記了有一種淺易是從極端的緻密，有一種樸素是從過量的豐富與濃郁來的，『彷彿一個富翁的浪費的樸素』，梵樂希論陶淵明的詩是這樣說的……。」

錦媛，忽然之間，我就想到了你一再向我解釋的「揮霍」，還有米蘭．昆德拉所引用的捷克詩人楊．斯卡瑟的那段詩句：

詩人並不發明詩
詩在那後面的某個地方
許久許久以來它就在那裡
詩人只是發現它

不知道爲什麼，忽然覺得心裡有些地方亮了起來，而這個時候，我乘坐的這一列車也剛從關渡站後暗黑的隧道裡右彎出來，眼前就是淡水河的出海口，對岸的觀音山用很濃很重的大塊的墨綠，把寬闊的河面反襯得明亮極了。

置身在這個物我彷彿都通體透亮的時刻，心裡充滿了難以言說的愉悅和感動，好像隱隱知覺了那個巨大的存在，可是，要向誰去道謝呢？

錦媛，這是多麼幸福的時刻！心中所受到的碰撞不只一處，也不只一個方向；忽然間好像領會了許多東西，可是，在同時，又很明白這些領會是窮我一生也不可能把它們召喚出來，更不可能去一一解釋清楚的。

錦媛，人生會不會有這樣的刹那？忽然感知到了自己周遭如此巨大的存在，在無垠的時空之中，我的生命，只是那如沙如塵極爲細小卑微的一點，而周遭的深邃、浩瀚與華美，對我來說，卻都屬必要，也都屬浪費。

關於「揮霍」，你給我的一封信中引用了巴岱儀（G. Bataille, 1897-1962）的一段話，我的了解是如此：

「有機體的存活，受地球表面的能量運作所決定。通常，一個有機體接受的能量都超過維持生命所需。這種過剩的能量如果無法轉而供給另外的有機體成長，或者，也不能在一己的成長中被完全吸收，它就必然會流失，絲毫也不能累積。不論願不願意，它都必須或似輝煌或如災難般地被揮霍殆盡。」

不論願不願意，每個生命，都必須激烈地以或悲或喜的方式，來釋放自身那豐沛的過剩的能量。錦媛，這就我所能了解的「揮霍」嗎？

生命本身，是宇宙最深沉的祕密，是奢侈的極致！

有一年夏天，睡在花蓮瑞穗的山中，夜晚仰望星空，發現星群聚集得又多又密，竟然有了像浮雕一般的厚度，又像是我們在濕潤的沙灘上用力撥弄出來的大大小小深深淺淺的漩渦，那漩渦之中，星群的密集度，比梵谷所畫的星空不知道要超過幾千萬倍！

從來沒有見過那樣的星空，在震驚的當下，我的心中也彷彿接受了一種難以言說的碰撞，覺得悲傷，卻又感受到深沉的撫慰。

一如詩人所言：

「許久許久以來它就在那裡。」

是的，它其實一直都在。那一刻，我只能說，好像是簾幕忽然被拉開一角，我才知道，環繞著我的竟然是如此幽深寬廣的舞台。

海北的兄長，劉西北教授，也是位物理學家，二十多年前了，他曾經對我說及一段他在實驗室裡所受到的觸動。

那是更早以前，用電腦做計算越來越得心應手之時，有一次，他把原來是以字母來做區別的範圍，都換成用不同的顏色來代替（譬如以深綠代替慣用的A，以淺藍代替B等等）。那天深夜，走進實驗室打開電腦，忽然看見用顏色來作區隔的驗算結果，竟然呈現出如蝶翅又如萬花筒般的畫面，繁複、炫麗、對稱卻又變化多端，那震撼讓他久久不能平復。

我追問他做的是什麼實驗？他起先笑而不答，待我再問，他的說法卻讓我至今難忘。

首先，他聲明，如果用正確的方式來向我解釋，我是絕對不可能了解的。所以，他只能以錯誤的方式向我稍作形容，也許，我反而還可以試著去想像一下那實驗的面貌。

然後，他說，我們每個人在輕輕一揮手，一迴身之際，周圍的空氣裡會有許多相對應的細小的力量，以無限繁複的方式延展或呼應著我們的動作；當我們行走之時，身前身後，有許多細微的，眼不能見的波動和變化也如影隨形，宛如彩翼，宛如織錦的披風。

錦媛，這就是在物理學上可以演算可以證明的巨大的「揮霍」嗎？

生命的面貌，遠比我們所能見到的更爲精細、繁複與華美。

錦媛，如果我在十字路口與你不期而遇，我們互相揮手的那一剎那，就會有隱形的蝶翅在空氣中緩緩舒展，整個世界，爲你的一顰一笑，一舉手一投足，不斷地變化著奢華無比的畫面。

想像著這一幅畫面，這原本是無比眞實的存在，卻由於我們自身的眼不能見、手不能觸、耳不能聽和心靈的無所感知而被忽略甚至被否定了的世界，錦媛，我因此而明白了，這世間的一切「隔閡」想必也是如此。

對「眞」是如此，對「美」是如此，對「詩」更是如此。

所有的詩人在「發現」詩的過程裡，都必須透過一己的生命，將現實中的觸動重新轉化。而由於生命的厚度不同，感知的層面與方向不同，（甚至包括那不甚自知的暗藏的信仰的不同），呈現出來的，就會有千種不同的面貌，讀者去閱讀與品評之時，又會由於自身的差異而生發出更多的變貌來。

「南山」恆在，「菊」在秋天也總會綻放，但是，當詩人寫出「采菊東籬下，悠然見南山」之後，便成爲千古傳誦的文字。

一首詩之所以會包容了這麼多生命現象，被這麼多的心靈所接受，也許不全是因爲文字本身，而是在所有意涵之間的可見和不可見的牽連。心與心之間的觸動，不也是會生發出一種難以言說的憂傷和喜悅？宛如透明的蝶翅，宛如隱形的織錦的披風。

所以，我們其實無權判定，何者是「紀實」，何者是「夢幻」。相對於宇宙的深邃與浩瀚，我們甚至也難以判斷，何者爲「廣大」，何者爲「狹小」了。

如果有人感知了你所不能感知的世界，因而親近了你所不能親近的「美」之時，請別先忙著把他的詩作歸類爲「夢幻」，因爲，有可能，他的每一字每一句都是「紀實」。

當然，我們也無法斷定，那些激昂慷慨，所謂擲地有聲的詩篇；那些在詩中以豪俠和烈士自許，期盼著自己的詩筆能如刀如劍的詩人們，在此刻是否更近於「夢幻」？

這渺小的一生，在巨大無比的時空裡，簡直難以定義。

齊邦媛教授說：「對於我最有吸引力的是時間和文字。時間深邃難測，用有限的文字去描繪時間眞貌，簡直是悲壯之舉。」

可是，每當新的觸動來臨，我們還是會放下一切，不聽任何勸告，只想用自身全部的熱情再去寫成一首詩。

所謂的「揮霍」，是否就是這樣呢？

回答我，錦媛。

慕蓉　二〇〇四・五・二十三

目

錄

輯二：素描簿

輯三：兩公里的月光

附錄：評論兩家及後記

如今
終於可以向你證明
時光是以何等緩慢的方式
在顯現著真象

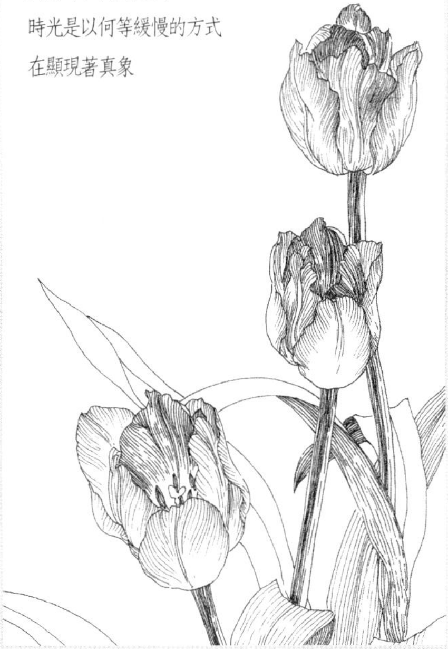

輯一——鯨・曇花

南與北

她說：
柚子樹開花了　小朵的白花
那強烈的芳香卻緊抓住人不放
在山路上一直跟著我
跟著我轉彎
跟著我　走得好遠。

他說：
我從來沒聞過柚子花香
我們這裡雪才剛停。

然後　談話就停頓了下來
有些羞慚與不安開始侵入線路
他們都明白　此刻是亂世
憂患從天邊直逼到眼前
只是柚子花渾然不知
雪不知　春日也不知

——二〇〇三・四・五

亂世三行

憂煩是蠅　憂慮是潮水
我們的憂愁啊
是一整座的日不落帝國

——二〇〇三・十二・二十二

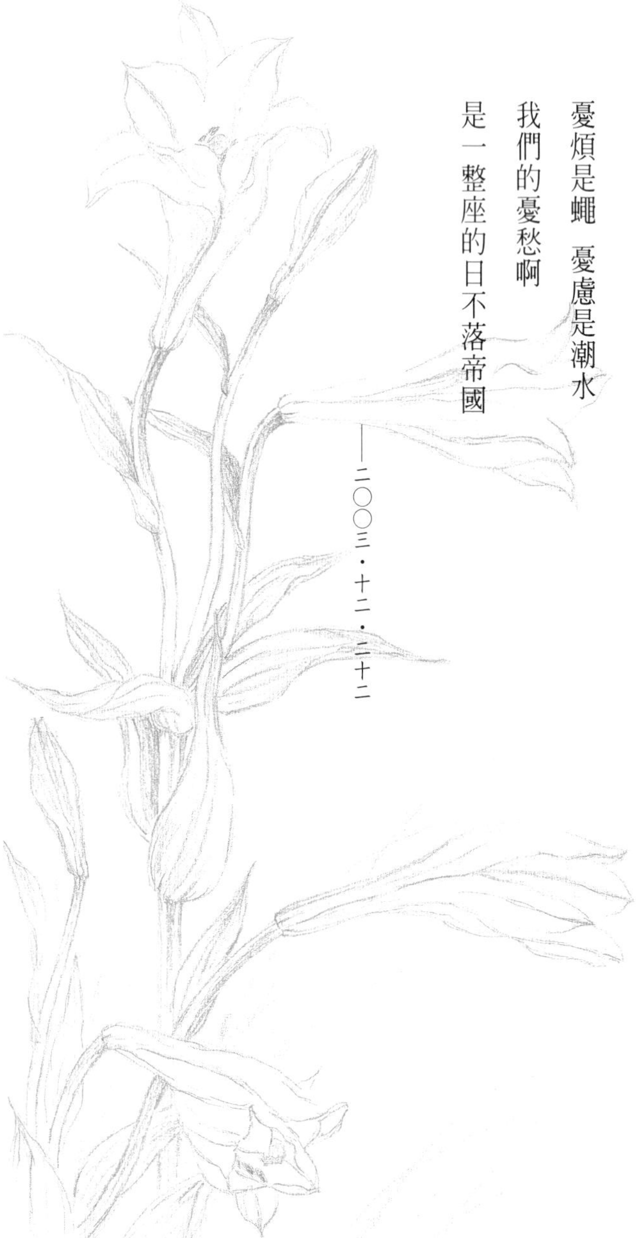

初版

我的心　是否還是傾慕於
昔日的夢境？

從古舊的版本裡　誘引出
一種揉和著紙頁與歲月的香氣
一種想要細細閱讀過往的渴望
我的心　是否還是傾慕於

昔日的夢境？
昔日　新鑄的鉛字
在初版的書頁上曾經留下
多麼美麗的壓痕！

——二〇〇四・九・二十二

回函

——給錦媛

生命是一場不得不如此的揮霍
確實是有些什麼在累積著悲傷的厚度
暮色裡已成灰燼的玫瑰
曠野中正待舒放的金盞花蕊

——二〇〇三・十一・三十

蜉蝣的情詩

如今　終於可以向你證明
時光是以何等緩慢的方式
在顯現著眞象
這僅有的僅有的金色夏日啊
被包裹在琥珀裡　已經
成爲無限悠長的生命記憶

儘管　他們總是說
蛶蝣的愛
都是些短得不能再短的歌

——遠古松林深埋在地下幾百萬年之後，松脂化為溫潤透明的琥珀，其中有些還藏有細小的葉片與昆蟲。

——二〇〇三・七・六

川上

逝者如斯　逝者如斯
逝者　如斯　如斯　如斯
陽光下這層層碎裂著的眩目波光
使得
我們好像從來沒有來過

——二〇〇四・四・二十一

黎明

記得一些 遺忘一些
增添一些 刪節一些
死滅一些 重生一些

這就是讓我離你越來越遠了的黎明嗎？

道路阻且長　會面安可知
更何況我心中無由的憤怒與
悲傷　在明與暗的交界處
在完美與殘缺的邊緣
我只能找到　一個
暫時是屬於我的小小的位子
在清晨的微光裡重新提筆
爲你　尋索一些比較
溫柔的　字句

——二〇〇一・十一・二

夏日的風

夏日的風　從海面上吹來
穿拂過山林間光影的隙縫
輕輕撫摸我此刻的　以及
記憶裡的肌膚

每一首詩　也都是
生命裡的長途跋涉

遙遠的回顧
在風中　歲月互相傾訴與傾聽
在詩中　我們自給自足

田埂邊依舊有艷紅的蕉花
這滿山層疊隨風波動的
依舊是細密又堅實的相思樹

是的　我愛　半生之後
一切已經水落石出

——二〇〇三・七・六

譯詩

一首轉譯的詩　多半不能讓我
感覺到原來游走在字面上的色光
也難以重現　那在完稿的剎那
曾經是如此綿密
或者　如此空茫寂靜的詩行
無法傳遞的　是許多輕微的氣息

是子音與母音短暫磨合之後
再彈跳開來的細小的分別
是柔軟的舌端才剛接觸到齒縫
就立即被雙唇所禁閉所泯滅了的音節
是一種百般遲疑之後的　片刻的和諧

要如何形容　在午後空曠的月台上
有人低聲說 Je t'aime
要如何譯出詩人在多年前所書寫的
Je n'ai pas oublié

——二〇〇二・十・六

燈下之一

有多少繁複狂野的意象
都簇擁在我身邊
只等我一提筆
就嘻笑著　四散奔逃而去

——一九九四

（仿波斯細密畫邊飾）

燈下之二

生命中的場景正在互相召喚

時光與美
巨大到只能無奈地去　浪費

——二〇〇四・四・二

（仿十六世紀波斯細密畫邊飾）

此心

總是　先於我
先於我的抉擇

先於黎明　先於薄暮
先於索求與渴慕
先於所有的輾轉反側
先於莫名的怨懟　先於淚
先於微寒或者微暖的肌膚

先於種種所謂的知識和價值
先於這世間　任何
可以一一計算的得失

我就是這樣地在愛戀著愛戀著
我的　愛戀啊

困惑於此心的不移　至於
我們的靈魂究竟有沒有老去
其實並無答案

——二〇〇三・八・六

冰荷

你說　遲來的了悟
是那一朵　遲開的荷
困於冰　困於雪
困於北地的永夜

我完全同意你　是的
再怎麼細緻美麗的傾訴

最後　總是應該復歸於沉寂
我們也許還是只能每隔十年
或者二十年
互寄一張　文字恰當
經過精心挑選之後的賀年片

像那短暫的月光
偶爾　前來見證
已經久久在湖面上凍結了的
喜悅和　悲傷

——二〇〇四・十二・四

幸福

要有一支多麼奢華的筆
才能寫出一首　素樸的詩
但是如果一切都是有備而來
我愛　我們將永遠也不能
記得彼此

——二〇〇四・四・二十一

秋光幽微

行行重行行　這深谷裡的疏林
正以何等的寂靜在逐層浸染著霜紅
這時日的消逝是否　也正以
悲喜夾雜的方式在成就著我們的詩？

是的　我們越來越接近眞象
行行重行行　在幽微的秋光裡

沒有什麼再能讓我懷疑
對你的　難以相忘

——二〇〇二・十・十三

鯨・曇花

十六朵曇花一起綻放的這個夜晚
生命　正以多麼敏感的肌膚
向幸福碰觸　而月光如此明亮
我們的胸臆間充滿了
如此清洌又如此熟悉的芳香
你說　要記住啊　記住這一刻

多年之後　如鯨之重新沉潛於大海
我們的記憶將會撫慰我們的軀體

是的　我愛　我完全明白
其實　無視於時日推移
我們的軀體　也會
不斷地呼喚著我們的記憶

月光下　一如鯨和曇花
在不被人所測知的靈魂深處
所有的渴望正紛紛甦醒
當暗潮起伏　當夏夜芳馥

二〇〇三・六・十五

試卷

這麼多年都已經過去了
縱使我的靈魂早已洞悉一切
爲什麼　你給我的這份試卷
對我的筆　卻還是祕密
還是難以作答的謎題

這就是會落淚的原因嗎

這一生的狂熱　一生的揮霍啊
在最後　只能示之以
無關的詩

——二〇〇四・九・二十

異鄉人

與自我的和好　在今生
恐怕終究是不可能的事了

是源於無知　還是
源於時空的錯置？
最後　我們就都成了異鄉人

只有悲傷年年盛放
如花朵　如一棵孤獨的樹
因插枝而在此存活

——二〇〇四・十二・二十四　深夜

驛站

白日已盡　黑夜已然來臨
奔馳著奔馳著的時光啊
請你在此稍停
我心中的驛站正燈火通明

還有些什麼是我們必須交換的呢？
除了曾經駐留的美好與溫暖

除了一聲輕柔的　晚安

無論是揮別還是迎接
我知道我都要向你俯首道謝

可是　還有些什麼
是我們必須在此刻交換的呢？
白日已盡　黑夜已然來臨
我心中的驛站正燈火通明

——二〇〇四・三・一

原來　只要時間夠長

長到能夠顯示出事物的本質

一切就終於會水落石出

（拓跋鮮卑的金步搖冠。A.D. 386-581）

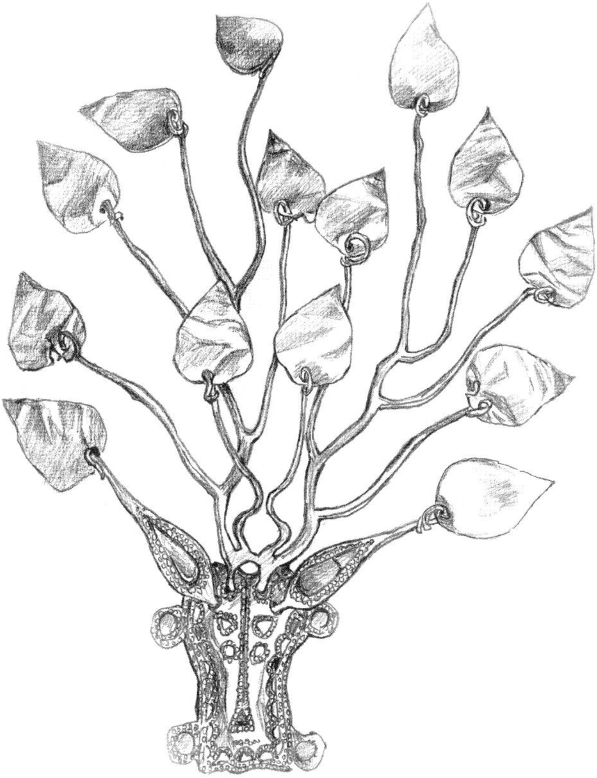

輯二——素描簿

荒莽

姐姐的婆家，對於還留在家裡的妹妹們來說，就是不可知的異鄉。每個出嫁的女子，都是孤身進入荒莽之地的旅人。

偶爾回到娘家的姐姐，有些眼神和姿態都不大一樣了，雖然妹妹們依舊讓她睡在從前的眠床上，那是靠在月光會照進來的窗邊。微笑了一天的姐姐，在枕上流著安靜的淚水，不知道自己為什麼會這樣悲傷。

孩子一個個接著出生，再纏繞著母親，在她的身邊逐漸成長，就像是一棵垂掛著許多氣根的榕樹，等到這些曾經如髮絲般飄蕩著的氣根變得粗壯並且牢牢地扎進土壤中之後，這片潮濕溫暖的叢林就終於成爲婦人唯一的家。

父母都已逝去，昔日的少女也都已星散，記憶中的娘家如今已成荒莽，只有月光，偶爾會斜斜地照進她們的夢中，照在那潔淨而又微涼微濕的枕上。

——二〇〇三・二・十三

寂寞

對於婦人來說，寂寞總是在的。

她寫給她的短箋上，有誠實的告白：「寂寞是一條沒有起點與終點的河流。」

婦人是逐漸察覺的，寂寞原來藏得這樣深，流動得這樣緩慢，而無論歲月在岸邊點起多少次燦爛的燈火，這一條河流依然選擇在黑暗裡靜靜地流過。

她的回信上說：其實，她們每個人都有這樣的一條河。

彷彿野生的百合在山谷與山稜之間彼此相認，在展讀回信的那一刻，所有的河流都開始映照著皎潔的月光，在暗黑的大地上，一直綿延交錯到無邊無際的遠方，成爲一張細密精緻而又華美的網。

——二〇〇三・四・三

真相

他的聲音遠遠傳來，才剛說了一句：

「是我。」

拿著話筒的她，忽然間好像就全明白了。

原來，所有過去了的時光，不管在比例上有多麼悠長，依然只能算是這場正式演出之前的序曲。

原來，一切的熙熙攘攘，一切的遼闊與蒼茫，都不過只是爲了好讓他在半生之後，在此刻，再遠遠地向她說一聲「是我」。

然後，幕就落下來了。

一切復歸於沉寂。只是，偶爾，在無邊的曠野之上，在古老的詩行之間，在月光下，還會傳來一些微弱的回音，輕聲向她說著：「是我」，「是我」……

「是我。」

——二〇〇三・三・二十五

舊信

在信中，她反覆檢視著自己，仔仔細細地訴說著伴隨記憶而生發的觸動，她說：

「那在瞬間襲來的甘美與疼痛，應該就是愛情不變的本質了吧？」

「隔了這麼多年，」她說：「我依舊相信，愛，是可以單獨存在的，即使在你與我都已經改變了之後。」

她一逕是這樣的，對任何一句話，任何一件事，都十分慎重認眞，總是反覆自問。

在他的記憶裡，她一逕是這樣的。

在初雪的窗前，重新翻讀這些舊日的書信，他不禁獨自一人微笑了起來。

其實，沒有什麼是眞正改變了的。

——二〇〇四・九・十四

四季

窗外園中，有四季花樹，都是他在辛勤照料。

窗內，在偌大的居所裡，逐日，逐年，他慢慢騰空了每一間房間，然後，再慢慢騰空了每一個抽屜。

臥室裡，空空的白牆，只有一張床。一個古老的木製書架上放了幾本，她的詩集。

窗外，有豐美的四季。

——二〇〇四・三・二十四

素描簿

——如果，如果那些埋伏在字句間而又呼之欲出的意象是一首詩的生命，那麼，在我們眞正的生命裡，那些平日暗暗牽連糾纏卻又會在某一瞬間錚然閃現的記憶，是不是在本質上就已經成爲一首詩？

多年之前，在南方的荷田裡寫生的時候，她匆匆在素描簿裡寫下這些一閃而過的句子。身旁的荷，花與葉都是那樣巨大而又狂野，是炭筆和粉彩都難以描摹的歡然盛放。

多年之後，在北海岸的山間，在畫室的一角，偶爾翻開了這本素描簿，忽然發現，在寫生的當時總覺得不滿意的色彩與筆觸，其實已經頗爲精確地留下了那一季的芳華。

而在那一瞬間錚然閃現的畫面，還摻雜著溫暖的芳香。在晨曦初上的田野間，有個女子獨自一人靜靜地走著，藍布的長裙拂過青綠的野草，拂過細長的阡陌，她微微仰首全神貫注地在搜尋一朵可以入畫的荷，卻全然不知，在那一刻，在生命的素描簿裡，她自己正是歡然盛放的那一朵。

——二〇〇四・九・二十九

詩的本質

翻開剛送來的詩集的校樣，從印刷的字體上重新再閱讀一次自己的詩，她眞切地感覺到了生命正在一頁頁地展現，再一頁頁地隱沒，如海浪一次又一次地漫過沙岸。

這是何等的幸運！

在如此豐美而又憂傷，平靜而又暗潮洶湧的歲月裡，能夠拿起筆來，誠實地註記下生命內裡的觸動，好讓日後的自己可以從容回顧，這是何等的幸運啊！

所以，儘管時光越走越急，她的詩卻越寫越慢，

並且爲此而覺得心安。

還有什麼好害怕的呢？長久的疑問，終於在飛馳

的時光裡得到解答。原來，只要時間夠長，長到

能夠顯示出事物的本質，一切就終於會水落石

出。

「愛是自足於愛的。」紀伯倫說。

是的，詩也是自足於詩。

——二〇〇二・六・二十六

無垠廣漠

——紀念殷海光先生

她只見過他一次。

卻一直記得那個小小的院落。

圍牆砌得比較高，就更顯得院內空間的狹小。可是，主人卻很熱心甚至有些自豪的向來客一一展示自己種植的花草、鋪設的水泥小徑，還有牆邊那稀稀落落的一排長得瘦高的玉蜀黍……

她因此而記得他的笑容和他花白的鬢髮，當時，卻絲毫不知他的憂患。

當時的她不過是一個高中的學生，帶她前去拜訪的堂哥和嫂嫂也沒有多作解釋。

多年之後，在書店裡翻開他的書信集，忽然覺得有些字句極爲親切。常常就是在話題的中心之外，幾句關於那個小小院落的描述，譬如說如何剛從院中的水泥小徑上散步回來，就坐在桌前給他的學生寫信；或是提到爲了清除那條人工小河上的浮萍，用去了他多少的耐性與時間等等……

而最令她心疼痛的一段，是他舉例說明一個人所需要的「物理相度」如何被限制與剝奪了。他說：一隻加拿大的狂歡鶴，需要一百六十畝的土地才能感覺到快樂，一個人所需要的眞正能夠感覺到自由的空間，應該是無垠廣漠。

他說：居住在像鴿子籠一般狹小的居室裡的人，如何能夠知道什麼叫做自由？

讀到這一段的時候，多年前所見到的院中景象，就逐漸浮現，那被囚禁著的靈魂，那一個世代的憂患彷彿都在其中彼此牽連。

而當她終於置身在無垠廣漠之上，深深感受到那種在天地之間沒有任何局限的自由與從容，知道自己在此刻所享有的空間遠遠超過於一千隻一萬隻狂歡鶴之時，不禁落下淚來。

她只見過他一次。

卻一直記得那個小小的院落。
那個小小的極爲狹窄如鴿子籠一般的院落。

——二〇〇二・七・三十一　初稿成
——二〇〇四・十一・三十　修訂

千年之後

你在台上熱烈地描摹著我們的草原

我卻在黑暗的台下淚落如雨

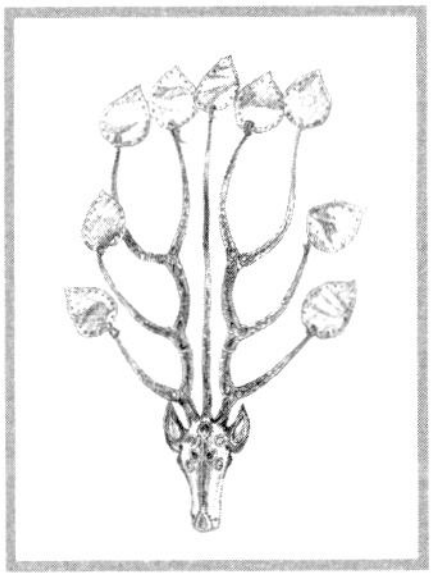

契丹舊事

1

有誰在風沙撲面的今日還能歌唱？有誰，在自己的土地上還要流浪？

有誰不遠千里跋涉而來，只爲了在博物館裡，與一朵鏨刻在鎏金飾牌上的忍冬花，遙遙相望？

2

「這裡曾經開滿了大朵的牡丹，英雄凱旋歸來，君主以花相贈，是榮耀，也是神恩。」

還有荷與柳，遍野的玫瑰，傲世的繁華，以及天下第一的鞍轡。

3

從粉黃到蜜紅的琥珀，都拿來雕出豐碩的花果或是交頸而眠的鴻雁和鴛鴦，還有那以蔓草紋相纏的水晶瓔珞，以狩獵紋鑄飾的金蹀躞帶，都成爲公主的收藏。

在溫潤的玉杯裡，曾經傾注過幾滴玫瑰露脂，千年之後，還留有一絲淡淡的芳香。

4

墓道兩旁的壁畫上，有一幅已經備好鞍馬，侍從有三人，面色肅穆地佇立，靜候在座騎之旁，然而，主人並不在馬上。

如果說這墓室是在生前營造的，可能是表示主人還沒有來，如果是死後才繪上的，就是主人已經走了嗎？

空空的鞍馬，等待著一位不知道是還沒來臨或是
已經離去的主人……

5

在海東青巨大的雙翼裡，可還藏有當年的記憶？

6

千年之後，你在台上熱烈地描摹著我們的草原，
我卻在黑暗的台下淚落如雨。

——二〇〇三・九・十三

六月的陽光

——訪敖漢旗城子山四千年前遺址

在高高的山崗上，俯視那無垠廣漠，是誰？是誰留下了這一座精心砌就的邦國？

而我，是來遲了嗎？

可是，祭典又好像才剛剛結束，人群的喃喃頌讚還依稀在耳，鷹笛與鼓聲交織的旋律，那斷續的回音，還飄蕩在曠野與山谷。有和風吹拂，還帶著杜松的針葉燃燒時的香氣，在六月的陽光裡，好像，筵席才剛剛散去。

而我，是來遲了嗎？

曾經擺列著供品的巨石就在身旁，平滑的石面上，猶有餘溫，猶有，爲插入旗竿而準備的深而細的圓孔的鑿痕。（是爲展示那彩色的旗幡，還是爲了向神祇獻上那遍野盛開的牡丹？）最後離開的祭司，才剛剛疲憊地卸下手鼓和面具，那年輕的面容原是如此俊秀美好，在六月的陽光裡，他潔白的衣裾拂過叢生的芨芨草，好像，才剛剛消失在坡下的轉角。

身旁的朋友轉過頭來對我說，在考古的工作裡，在發掘的現場，陽光與和風常會帶著一種依依不捨的氣息，好像有些什麼渴望向你顯示那猶在徘徊逡巡的記憶。

是的，這裡曾經有過多少幸福和憂患，多少誠摯的祝禱，求風求雨，求多有獵獲，求一季或是一生的溫飽，或是，爲了君王所渴盼的一個可以綿延百代的王朝。

我多想知道，在高高的山崗上，俯視那無垠廣漠，是誰？留下了這一座精心砌就的邦國？縱使祭壇和城垣已多有殘缺，依然深藏著許多光影分明的細節。

光影分明，交錯重疊如透明的蝶翅，這幾乎伸手就可觸及的昔日。此刻，有些什麼正穿透過雲層，穿透過邈遠的時空，在此相會。是誰在我眼前奔跑著嘻笑著走過？是誰在我耳旁輕聲地緩緩地不斷訴說？

在六月的陽光裡，和風依依對我輕拂，是誰？是誰曾以無限的耐心等待？等待這一次的相聚，等待所有漂泊離散了的記憶，終於，從天涯歸來。

——二〇〇二·七·三十　初稿成

——二〇〇四·十一·九　修訂

創世紀詩篇

1 瞳孔（維吾爾）

她將宇宙的塵灰滿滿地吸入，再緩緩地吐出。讓最亮的一顆成爲太陽，最美的一顆成爲月亮，然後就是閃爍的星辰。至於那些最卑微細小四處散飛的泥點，就成了人。

阿雅勒騰格里是創世的女神。

每當她張開雙眸，就是我們的白晝，每當她閉上雙眼，天地間就只剩下暗黑一片。

她將宇宙的光亮收藏在她的瞳孔之中。
阿雅勒騰格里啊！是創世的女神。每夜每夜，她微微睜開
惺忪的睡眼，以滿天的星光來凝視眾生。

2 天馬（衛拉特蒙古）

創世的女神，以巨大的形象顯現。
當她的長髮湧動，是烏雲疾飛過天穹。
當她的步履輕移，大地都爲之戰慄。
麥德爾可敦，創世的女神，她的座騎有九個勇猛和熱烈的
靈魂，永不疲倦地在天際馳騁；看哪！那白色長長的鬃毛
熠熠生光，那金色的鞍轡何等華麗明亮！

當她騎上天馬巡行在宇宙之間，那樣空曠和寂寞的宇宙啊！也不禁在心中生出無限的艷羡，萬物於是在瞬間茁生，只爲了，只爲了能夠點綴些顏色在馬蹄的邊緣。
麥德爾可敦，創世的女神。
麥德爾可敦，創世的女神。

3 鼓聲（滿——通古斯）

鼕鼕，鼕鼕，鼕鼕，鼕鼕……
聽！阿布卡赫赫正在擊鼓，在人間最早最早的拂曉，在莽原的最深處。

鼕鼕，鼕鼕，鼕鼕，鼕鼕……

聽！阿布卡赫赫正在擊鼓，一聲緊接著一聲，怎麼也不肯停頓。

這鼓聲是宇宙最初的聲息，是生命最初的記憶。一聲緊接著一聲，恆久而又熱切，讓天地互相撞擊，讓血脈開始流通，讓陽光燦爛，讓暴雨滂沱，讓眾生從暗夜裡甦醒，讓我們都有了豐盈的心靈。

是她在擊鼓！是她在擊鼓！天之驕女啊創世之神，萬物都在她的鼓聲中誕生。

是的，所有的訊息都從鼓聲中傳來，包括我們那不自覺的渴慕與期待。

長路漫漫，總有她的鼓聲爲伴。
彷彿是悲憐我們的猶疑和踟躕。
彷彿是撫慰我們的寂寞和孤獨。
鼕鼕，鼕鼕，鼕鼕，鼕鼕……
聽！阿布卡赫赫正在擊鼓，在生命最早最早的拂
曉，在我們心中那莽原最深之處。
鼕鼕，鼕鼕，鼕鼕，鼕鼕……
聽啊！阿布卡赫赫正在擊鼓。

——二〇〇四・十・二十七

（仿刻曼德拉山岩畫局部 陶板拓印）

如一首劫後之歌
平靜宛轉
在暗黑的夜裡
等待眾人的唱和
（古阿爾泰木雕，鹿角為革製 500 B.C.）

輯三——兩公里的月光

頌歌

——成吉思可汗：「越不可越之山，則登其巔；渡不可渡之河，則達彼岸。」

祖先創建的帝國舉世無雙
何等遼闊　何等輝煌

立足於曠野　馳騁於無邊大地
馬背上看盡了世間的繁華興替
那統御萬邦的深沉智慧

是今日的我們所望塵莫及

吹拂了八百年的草原疾風
在眾多的文化裡成爲泉源和火種
那廣納百川的浩蕩胸懷啊
我們今日只能以歌聲來讚頌

長風獵獵　從不止息
一如心中不滅的記憶
看哪　祖先創建的帝國舉世無雙
何等遼闊啊　何等輝煌

——二〇〇四・三・一

（鷹頂金冠飾 匈奴 300 B.C.）

天上的風

——古調新譯

天上的風　不繫韁繩
地上的我們　難以永存
只有此刻　只有此刻啊
才能　在一首歌裡深深注入
我熾熱而又寂寞的靈魂

或許　你會是
那個忽然落淚的歌者

只爲曠野無垠　星空依舊燦爛
在傳唱了千年的歌聲裡
是生命共有的疼痛與悲歡

或許　你還能隱約望見
此刻我正策馬漸行漸遠
那猶自
不
捨
的
回
顧

還在芳草離離空寂遼闊之處

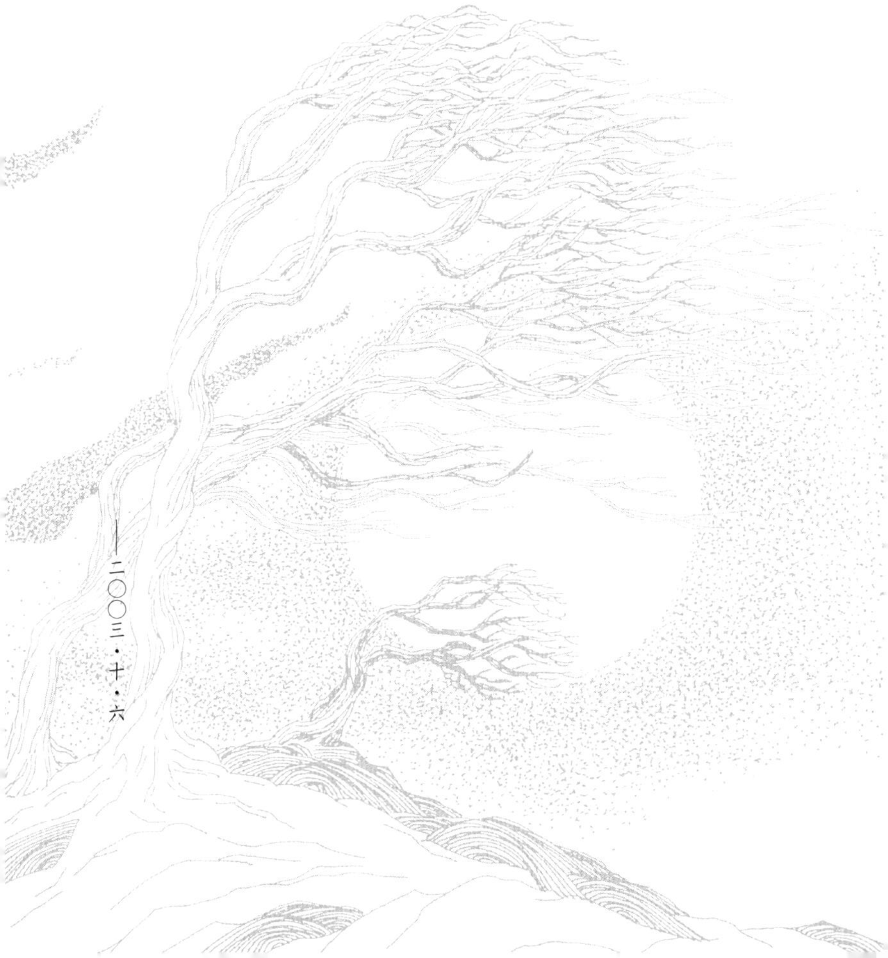

——二〇〇三．十．六

二〇〇〇年大興安嶺偶遇

可是
可是
我向他們倉惶詢問
昨天經過的時候　這裡分明
還是一片細密修長的白樺林
在秋風中閃動的萬千碎葉

有的色澤如銀　有的如暖金

這不算什麼　他們笑著說
從前啊　在林場的好日子裡
一個早上　半天的時間
我們就可以淨空　擺平
一座三百年的巨木虬枝藤蔓攀緣
雜生著松與樟的　森林

所以　此刻就只有我
和一隻茫然無依的狐狸遙遙相望

站在完全裸露了的山脊上
牠四處搜尋　我努力追想
我們那永世不再復返的家鄉

——二〇〇四・九・十五

悲歌二〇〇三

要怎麼才能讓你相信　就在此刻
我用雙手交給你的
不只是一把獵槍　還有
我們從來不曾被你認可的生活
我們祖祖輩輩傳延的
虔誠的信仰
要怎麼才能讓你相信

從今以後　我已一無所有
除了靈魂裡那一丁點兒的自由

你啊
你始終是那個難以說服的多數
要怎麼才能讓你相信
你爲我所規劃的幸福
並不等同於　我的幸福
要怎麼才能讓你相信
眼前是一場荒謬的滅絕和驅離
失去野獸失去馴鹿的山林
必然也會逐漸失去記憶

要怎麼才能讓你相信啊　在未來
我們將以絕對的空白還贈給你

或許　你絲毫不需爲此費神
歷史的殿堂既然是由你建構
總會有足夠的金箔和殷勤的工匠
來爲你的信仰你的堅持塑上金身

所以請別再試著用任何方法
前來探尋我們的蹤跡
我向你保證　我向你保證啊
我已經是使鹿鄂溫克最後最後的

那一個　獵人

——無知的慈悲，可以鑄成大錯。二〇〇三年八月十日，內蒙古根河市官方以「提昇獵民生活水平，接受現代文明」爲目標的遷徙行動，極爲草率與粗暴，不但損傷了馴鹿的生命，也損傷了最後的狩獵部落「使鹿鄂溫克」一百六十七位獵民的心。同年九月，及二〇〇四年七月，我兩度上大興安嶺探訪，親眼見證獵民的困境，歸來後久久不能釋懷，遂成此詩。

——二〇〇四・十一・二十三

尋找族人

是何等異於尋常的靜默
那一雙眸子卻在黑暗中燃燒起來
在我朗誦了一首詩之後

置身在喧嘩的世界裡
我是如此辨識出　哪些
是我的隱藏著的族人

——二〇〇二・十二・十七

（口緣飾獸青銅豆 770-476 B.C.）

劫後之歌

把親愛的名字放進心中
用風來測試　用淚來測試
這悲傷的刻度　到最深處
能不能　轉換成一首詩？

把親愛的名字放進心中
用風來測試　用淚來測試
在黎明之前　我們

該從哪一個音符輕輕地開始？

還是得好好地活下去吧
如一首劫後之歌　平靜宛轉
在暗黑的夜裡
等待眾人的唱和

把親愛的名字放進心中
用風來測試　用淚來測試
在茫茫的人海裡
用一首又一首的詩⋯⋯

——二〇〇二・九・二十

父親的草原母親的河

父親曾經形容那草原的清香
讓他在天涯海角也從不能相忘
母親總愛描摹那大河浩蕩
奔流在蒙古高原我遙遠的家鄉

如今終於見到這遼闊大地
站在芬芳的草原上我淚落如雨
河水在傳唱著祖先的祝福

保佑漂泊的孩子找到回家的路

雖然已經不能用母語來訴說

親愛的族人　請接納我的悲傷

請分享我的歡樂

我也是高原的孩子啊心裡有一首歌

歌中有我父親的草原我母親的河

我也是高原的孩子啊心裡有一首歌

歌中有我父親的草原啊

我母親的河

——一九九九年初冬寫給德德瑪的歌

悲傷輔導

聽說　這是個醫學名詞
是一種極爲謹慎
又極爲溫柔的　心理治療
聽說　經過長期的追蹤以後
也許可以測出
一棵樹　究竟能夠

忍受幾次的斧斤和摧折？
一顆心　究竟能夠
承擔多麼沉重的煎熬和絕望？
一個生命　究竟是自我能夠明察的
還是難以評斷的個體？

那麼　請問
有誰可以回答我們
一片草原　究竟是他年能夠再生的
還是　還是
永不復返的記憶？

——二〇〇四・十二・三

我摺疊著我的愛

我摺疊著我的愛
我的愛也摺疊著我
我的摺疊著的愛
像草原上的長河那樣宛轉曲折
遂將我層層的摺疊起來
我隱藏著我的愛

我的愛也隱藏著我
我的隱藏著的愛
像山嵐遮蔽了燃燒著的秋林
遂將我嚴密的隱藏起來

我顯露著我的愛
我的愛也顯露著我
我的顯露著的愛
像春天的風吹過曠野無所忌憚
遂將我完整的顯露出來

我鋪展著我的愛

我的愛也鋪展著我
我的鋪展著的愛
像萬頃松濤無邊無際的起伏
遂將我無限的鋪展開來

反覆低迴　再逐層攀昇
這是一首亙古傳唱著的長調
在大地與蒼穹之間
我們彼此傾訴　那靈魂的美麗與寂寥

請你靜靜聆聽　再接受我歌聲的帶引
重回那久已遺忘的心靈的原鄉

在那裡　我們所有的悲欣
正忽隱忽現　忽空而又復滿盈
……　……

——二〇〇二年初，才知道蒙古長調中迂迴曲折的唱法在蒙文中稱爲「諾古拉」，即「摺疊」之意，一時心醉神馳。初夏，在台北再聽來自鄂溫克的烏日娜演唱長調，遂成此詩。

——二〇〇二・七・十四 夜

只為　今生的枷鎖已經卸下
關於往昔　從此
終於可以由我自己來回答
（金步搖冠，拓跋鮮卑之物 A.D. 386-581）

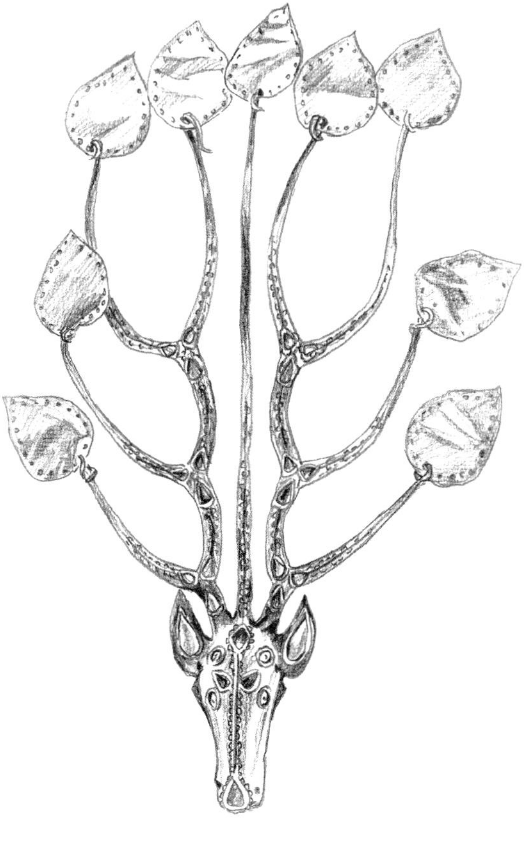

紅山的許諾

左臂挾著獵物　右手中
握有新打好的石箭鏃
寬肩長身　狹細而又凌厲的眼神
我年輕的獵人正倚著山壁　他說
來吧　我在紅山等你

彷彿有疾雷閃電裂響自天際

爲什麼　這低聲的召喚
竟然使我通體戰慄
那玉環和玉珮還在昨夜的夢裡輕輕碰觸
那玉鵐和玉鳥啊還在藍天之上互相追逐
層雲逐漸密集　英金河流過眼前
曾經被暗紅的山岩所見證過的一切記憶
就在這瞬間　歷歷重現

這陽光依舊是當年溫暖的陽光
這土壤依舊是當年立足的土壤
彩陶的碎片上　還留有我親手繪製的花紋
在無垠的廣漠裡回首微笑的

是我們孺慕崇敬的女神
那謹愼度量堆砌而成的
渾圓的祭壇至今猶在　我們心中
對蒼穹對大地對彼此的愛也始終不改

想必在樺木與樟松的林間
還生長著我們曾經採摘過的香草與野菜
而在如卷渦般的白雲之上　那歌聲悠揚
是生命裡亙古綿延
不移不變的喜悅和憂傷

如果我從千里之外跋涉前來　只是因爲

曾經擁有的許諾　今生絕不肯再錯過
如果我從千里之外輾轉尋來
只是因爲啊
有人　有人還在紅山等我

——二〇〇二・七・七　凌晨寫於紅山、牛河梁歸來之後。

遲來的渴望

——寫給原鄉

是何等神奇而又強烈的召喚
讓深海的珊瑚
在同一個夜晚裡產卵
億萬顆卵子漂浮起舞
在溫暖的洋流中　粒粒晶瑩
閃爍如天上的繁星？

是何等深沉而又綿長的記憶
讓最後存活的一匹蒼狼　在草原上
還遵守著同樣的戒律　諸如
傍晚在溪邊飲水時那不安的張望
以及在林間謹慎掩藏著自己的蹤跡？

是何等美麗而又驚心的
巨大的秩序　如鯨的骸骨
隱藏了整整的一生　只有在那些
曾經與血肉的黏連都消失了之後
才能顯示出潔淨光滑弧形完美的
骨架　支撐著　提昇著

我俯首內省時那無由的悲傷與顫怖？

有多少珍貴的訊息　遺落在
那遠遠偏離了軌道的時空之間？
無數的　有著相同血源的個體
負載著的　卻是何等的孤寂？
而在我們的夢裡（無論是天涯漂泊
還是不曾離根的守候者）是不是
都有著日甚一日的茫然和焦慮？

此刻的我正踏足於克什克騰地界
一步之遙　就是母親先祖的故土

原鄉還在　美好如澄澈的天空上
那最後一抹粉紫金紅的霞光
而我心疼痛　爲不能進入
這片土地更深邃的內裡
不能知曉與我有關的萬物的奧祕
不能解釋這洶湧的悲傷而落淚

此刻　求知的渴望正滿滿地充塞在
我的心中　而我心
我心何等疼痛！

——二〇〇二・八・二十九

無人能夠前來搶奪
大地的記憶
月光下疊印著的
其實是相同的足跡
（匈奴青銅鹿 300 B.C.）

兩公里的月光

有人說　時光總在深夜流逝
（是的　在十三歲的日記本裡
我也寫過相類似的詩句）
可是一直要到今夜　到了今夜啊
我才能明白
彷彿是在風中紛紛翻動的書頁
時光也會在深夜翩然重回

當月色澄明如水

當月色澄明如水　溶入四野
彷彿是在風中紛紛翻動的書頁
帶著輕微的顫慄和喘息
時光在我們眼前展示出
千世的繁華和千世的災劫

一切歷歷在目　包括
這四野起伏的山巒和松林
這橫斜了一地的深深淺淺的樹影
這如此清晰又如此熟悉的場景

（月光逼迫著我去凝視邈遠的來處）
一切歷歷在目　包括胸臆間
隱約的不安與畏懼　包括
對這人世無盡的貪戀與渴慕
以及　生命同時栽植的豐美和空蕪

看哪　在這兩公里的山徑上
月光如何向我說法
（帶著輕微的顫慄和喘息
我們想必曾經無數次地重臨故土）
我心疼痛我的靈魂卻極爲安靜
只爲　今生的枷鎖已經卸下

關於往昔　從此
終於可以由我自己來回答

無人能夠前來搶奪大地的記憶
月光下疊印著的其實是相同的足跡
（我們身披白衫或是玄色的長袍
胸前的佩飾或是黃玉或是骨雕
鷹笛聲高亢而又清越　好像
還伴隨著蒼穹間鷲鷗的呼嘯）
在每一次月圓之夜的祭典裡
我們想必都曾經一如今夜這樣的
攜手並肩前行

而月色何等明亮
穿越過松林　在這兩公里的山徑上
我終於相信　此刻
與我們靜靜相對的　應該就是
那五千五百年完完整整的時光

——二〇〇二年夏，初訪紅山文化牛河梁二號遺址，見先民手砌之圓形祭壇及其三道邊線，石塊歷經五千五百年猶自不離不變，心中大爲驚動。二〇〇三年秋，復求友人帶我重訪牛河梁。是夜，朱達館長帶領我們一行數人穿越松林遍佈的山徑，前往已經回填的女神廟考古現場。時當陰曆八月十七日，來回兩公里的路程上，月光極爲清澈明亮，我心宛轉求索，歸來後經過多次的修改和謄寫，遂成此詩。

二〇〇三・十・二十四

原來，生命裡的「發現」
從來不是單方面就可以成就的，
必須是「從她發現草原和族人，
到草原和族人發現了她」之後，
才能成為一場真實和完整的追尋歷程。

附錄

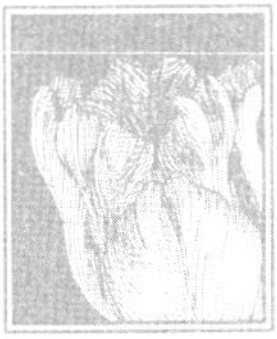

評論兩家及後記

摺疊著的愛

——讀席慕蓉近作

哈達奇・剛

如果說一九八九年席慕蓉的故鄉之行，讓她「有一種無法形容的狂喜」，不光是見到了遼闊大地，站在芬芳的草原上淚落如雨，並且也陸續讀到許多蒙古詩人的作品，讓她的「心靈也回到自己本族的草原上」，不由驚奇道：「眞是一片開滿了花朵的大草原啊！原來眞有這樣一塊土地！眞有這樣一處家鄉！眞有這樣一個蒙古！」（《遠處的星光》）那麼過了整整十年後，一九九九年由她創作的一首歌「父親的草原母親的河」，唱響了整個草原和大陸，讓那些曾經讀到或沒有讀到她作品的大陸人，「發現了」席慕蓉是一位生活在台灣的「已經不會用母語來訴說」但請求族人分享她悲傷和歡樂的「高原的孩子」。

席慕蓉對故鄉的渴慕和至愛是刻骨銘心的。當我們翻開她早年轟動台灣和大陸的那些詩集，發現在不少詩篇中跳動著她那掩飾不住的故鄉情結。諸如〈鄉愁〉（一九七八年）、〈高速公路的下午〉（一九七八年）、〈出塞曲〉（一九七九年）、〈狂風沙〉（一九七九年）、〈長城謠〉（一九七九年）、〈鹽漂浮草〉（一九八六年）、〈交易〉（一九八七年）、〈祖訓〉（一九八七年）、〈烏里雅蘇台〉（一九八七年）、〈漂泊的湖〉（一九八七年）等，無一不是一個天涯遊子對故鄉朝朝暮暮的嚮往，渴盼和深深的愛的結晶。

今宵月色應如水
而黃河今夜仍然要從你身邊流過
流進我不眠的夢中
（長城謠）

在台北或者新竹的寓所裡沉湎於巨幅油畫的創作，間或放下畫筆憑窗眺望遠山的景色時，腦海裡就會閃現她夜思日想卻又從來沒有踏足過的故鄉的優美畫面，讓她想像到那敕勒川陰山下如水的月色，更讓她感受到那從故鄉流過的黃河水流進她的心扉、血管和不眠的夢中。

這個不眠的夢，她做了整整四十六年。

當她第一次回到故鄉的土地上，最先尋找的是父親、母親和姥姥從小給她形容過的那些風物。歲月無情，人間更叵測，那些風物或變樣或消失或已成廢墟。可是她在草原上眞眞切切地看到了自己在無意中反覆描繪過的曾被認爲是太誇張了的一幅畫面：有一棵孤獨的樹長在漠野正中，西落的斜陽把樹影畫得很長很長。於是她悟到：她在夢中對鏡自照，看見生命在鏡裡正對她靜靜地展顏一笑。（《我的家在高原上》夢鏡）

從她發現草原和族人，到草原和族人發現她，席慕蓉還原成了一個眞正的蒙古人。她的脈管裡從此流淌著眞正草原的熱血，她的胸膛裡從此跳動著眞正蒙古人的心，她的情感裡從此注入了眞正成吉思汗後代的律動，在經歷了對家鄉蒙古高原長達四十六年的渴慕之後，她再用了整整十年時間，終於完成了從踏入原鄉的土地到走進族人的心靈，這一漫長而又壯美的跋涉。

然而這是一次苦苦的旅程。「沒有山河的記憶等於沒有記憶／沒有記憶的山河等於沒有山河」。由於她的童年和青少年時代都沒有在原鄉，她總覺得與族人間有一堵無形的牆。自己「沒有學籍也沒有課本／只能是個遲來的旁聽生／只能在最邊遠的位置上靜靜張望／觀看一叢飛燕草如何茁生於曠野／一群奔馳而過的野馬如何／在我突然湧出的熱淚裡／影影綽綽地溶入夕暮間的霞光」。（旁聽生）一種求知的渴望滿滿地充塞在她的心中。

在〈遲來的渴望〉中，她曾這樣描述自己的心境：

此刻的我正踏足於克什克騰地界
一步之遙　就是母親先祖的故土
原鄉還在　美好如澄澈的天空上
那最後一抹粉紫金紅的霞光
而我心疼痛　爲不能進入
這片土地更深邃的內裡

不能知曉與我有關的萬物的奧祕
不能解釋這洶湧的悲傷而落淚

不過，這段文字只是詩人對自己胸臆的一種追抒。這首詩寫於二〇〇二年。那時她早已不是「旁聽生」，也並非第一次探訪母親的故土。我們從字裡行間也能看出，她之所以「心疼痛」，並不只是因為沒有跨入那一步之遙的「克什克騰」，而是因爲她深愛著這片土地，卻又感到「不能進入／這片土地更深邃的內裡」。

這裡提到的「內裡」，是指只有詩人才能遨遊的仙境，也只有詩人才能到達的彼岸。她曾在別處也用過這個詞：「拿起筆來，誠實地註記下生命內裡的觸動」，以便「日後的自己可以從容回顧」時生命將「一頁頁地展現，再一頁頁地隱沒，如海浪一次又一次地漫過沙岸」。（詩的本質）「在

風中　歲月相互傾訴與傾聽／在詩中　我們自給自足」。（夏日的風）

其實席慕蓉自從第一次踏入原鄉那天起就已經進入了那個「內裡」，也開始知曉了與她有關的萬物的那個「奧祕」，甚至更早。只是這種「進入」和「知曉」，是循序漸進的，是在她一次次閱讀草原、一回回原鄉行旅和一遍遍流淚後的思索當中逐步完成的。

席慕蓉在第一次探訪故鄉後的第二年一九九〇年出版過兩本書，《我的家在高原上》和《遠處的星光——蒙古現代詩選》。雖說兩本書中不免夾雜著難以隱去的「台灣人」好奇的視角，但她與族人之間的相互認同是眞眞切切的，心靈的撞擊是實實在在的，情感的交流是沉重的並伴著血和淚的洗禮。她聽不懂蒙古語，但她從故鄉只有九歲的薩如拉和她的妹妹通戈拉格唱的歌謠裡聽到了天籟之音，進而感覺到那「兩個小黃鸝鳥唱到高音的地方幾乎是金屬一樣的聲音輕輕地在草原上迴蕩，好像也在把我心中的暗影一點點地往旁邊推開」（《我的家在高原上》）。從那一刻起，那被推開的「暗影」再也沒有重新擠進來。她「內裡」爲原鄉和族人推開的空間越來越大，越來越寬闊，以致能夠裝得下整個草原，和草原的今天、昨天和明天以及她的一草一木、一蟲一豸和一切生靈。

風沙的來處有一個名字
父親說兒啊那就是你的故鄉
……
風沙起時　鄉心就起
風沙落時　鄉心卻無處停息
（狂風沙）

在她的「內裡」，那風簡直就是母親的撫慰和情人的吻。更有甚者，她還寫道：「從蒙古高原飛到台北的灰沙，把我停在家門口的紅色汽車變成黃泥車了……後來聽新聞廣播才知道這是從我的蒙古高原吹過來的，又有點捨不得，便頂著一車的蒙古沙子在台北的街頭巷尾多開了兩天，才去洗乾淨。」（「沙起額吉納・附記」蒙文版）這下，那沙子簡直又成了她最親近的親人了。從中我們不難看出，一九七九年她筆下的「狂風沙」和二〇〇一年她眼裡的「沙塵暴」對詩人感官所產生的震顫是多麼的巨大。

大陸剛出版的一部小說《狼圖騰》描述了大地之魂蒙古狼從草原上消失的詳細過程，揭示了蒙古草原有狼的美麗和沒有狼的醜惡。然而十五年前，從沒見過草原野生動物的席慕蓉讀到了一首詩人阿爾泰用母語創作的蒙古文詩的漢譯文：

無虎無鹿的山一般不易叫醒，
因爲連它的夢都會睡得昏昏沉沉。
有虎有鹿的山不會輕易打盹，
因爲它的砂礫都能時刻保持清醒。

她不自覺地驚嘆起來，選入書裡之後仍不能按捺怦然的心，便打電話朗讀給朋友們聽（《遠處的星光》）。悟出這首詩裡的境界，即已悟出「這片土地更深邃的內裡」。

她對故鄉的風、沙和生靈如此，對故鄉的族人更是如此。她和他們常常在用詩和眸子點通靈犀、交流情感。有多少次，席慕蓉在族人的圍繞之下，用她已經生疏了的蒙古語，和她聆聽時必須糾正發音才能明白的族人的漢語，甚至用手勢來交談、唱歌或誦詩，翻譯這時往往是多餘和蒼白的。那極度的信任，發自心靈深處的快樂，間或抑止不住的悲憤，都會讓她立刻沉醉了，融化了，甚至忘記了自身的存在。

是何等異於尋常的靜默
那一雙眸子卻在黑暗中燃燒起來
在我朗誦了一首詩之後

置身在喧嘩的世界裡
我是如此辨識出　哪些
是我的隱藏著的族人

（尋找族人）

然而她的興奮和歡樂沒有維持多久。她回到蒙古高原後，在發現了那眞正天人合一，人與大自然相融相通，相依爲命的故鄉草原已經或正在遭到空前的災劫和摧殘。父親曾經形容的清香的草原不再清香了，母親描摹的千里松漠一棵樹都沒有剩下來。上天的賜予可以這麼不珍惜！記得魯迅說，悲劇就是「把有價值的東西毀滅給人看」。那麼席慕蓉看到的則是內蒙古美麗的草原被犁鏵撕開後變成沙漠的大悲劇。她從渴慕草原而踏上草原，從踏上草原而驚羡草原，又從驚羡草原而悲憤草原，經歷了一次艱澀的心靈歷程。她的愛因此而受傷滴血。於是她發出呼喚：

讓我們舉杯呼喚著祖先的靈魂
在森林如記憶一般消失之前

在湖水如幸福一般枯竭之前
在沙漠終於完全覆蓋了草原之前
我們依舊願意是個謙卑和安靜的牧羊人
（篝火之歌）

這是詩人的祈禱。可是願望和現實有著多麼大的距離啊！

可是　可是
我向他們倉惶詢問
昨天經過的時候　這裡分明
還是一片細密修長的白樺林
在秋風中閃動的萬千碎葉

有的色澤如銀　有的如暖金

這不算什麼　他們笑著說
從前啊　在林場的好日子裡
一個早上　半天的時間
我們就可以淨空　擺平
一座三百年的巨木虬枝藤蔓攀緣
雜生著松與樟的　森林
（二〇〇〇年大興安嶺偶遇）

眞是悲慘得觸目驚心！詩人無奈了。她不知道怎樣才能扭轉乾坤。她的心痛變成了存留在詩行之間的無限惆悵和無以找到答案的疑慮：

逐日遠去的　是恍惚中的花香與星光
（野馬）

縱使已經踏上了回家的路
卻無人能還我以無傷的大地
（父親的故鄉）

如今　我要到哪裡去尋覓
心靈深處
我父親珍藏了一生的夢土？
（追尋夢土）

同樣的事情也發生在森林狩獵民族鄂溫克人的身上。她聽說大興安嶺深處的使鹿鄂溫克獵人要被安排遷徙到山下，急匆匆從台灣趕到那裡去探訪。當她知道這一切是眞的之後，爲悲痛中的獵人寫了一首詩：

要怎樣才能讓你相信　就在此刻
我用雙手交給你的
不只是一把獵槍　還有
我們從來不曾被你認可的生活
我們祖祖輩輩傳延的
虔誠的信仰
……

要怎樣才能讓你相信
眼前是一場荒謬的滅絕和驅離
失去野獸失去馴鹿的山林
必然也會逐漸失去記憶
（悲歌二〇〇三）

原本是完整、和諧和壯美的生存狀態被殘酷地破壞掉了，大自然和人的天然合一被無情的剝離了，人類中一部分強勢者的行爲對另一部分弱勢者形成了嚴重的威脅。這使詩人痛心疾首，這也使詩人從至愛族人和草原昇華爲呵護整個人類，整個大自然以及那片土地上神奇的、富有魅力的卻又瀕臨滅絕的文化遺產，儘管她的呼籲是那樣的微弱，她手中的筆是那樣的無力，她女兒之軀是那樣的回天乏術。可是，她那愛的甘霖卻從心尖和筆端滴下來，深深地溶進了荒漠草原的每一寸土壤裡，溶進了這片草原所承載的那弱勢者們的心田裡，溶進了他們自身其實並不弱勢的歷史文化裡。

於是她的感覺中，空間與以往重疊，時間也倒流。在此她又開始了另一個層面的時空跋涉。她常常與半個世紀前父輩們居住過的清香的草原和奔流的大河同在，常常與八百年前蒙古高原上的輝煌同在，常常與數千年前北方月光下的人文故事同在。於是所有的眞相讓她一一捕捉在手，一個又一個「長久的疑問，終於在飛馳的時光裡得到解答。」〈詩的本質〉

當月色澄明如水　溶入四野
彷彿是在風中紛紛翻動的書頁

帶著輕微的顫慄和喘息
時光在我們眼前展示出
千世的繁華和千世的災劫
（兩公里的月光）

至此，她用肌膚觸碰到了「正穿透過雲層／穿透過邈遠的時空／在此相會」的那幾乎伸手就可觸及的昔日〈六月的陽光〉，用氣息感覺到了那「左臂挾著獵物　右手中／握有新打好的石箭鏃／寬肩長身　狹細而又凌厲的眼神」的年輕的獵人〈紅山的許諾〉，在「內裡」看到了那「吹拂了八百年的草原疾風／在眾多的文化裡成爲泉源和火種」〈頌歌〉，那創世的女神騎著有多個靈魂的天馬，去操縱白晝和黑暗，去敲響宇宙最早最初的鼓聲，「讓天地相互撞擊，讓血脈開始流通，讓陽光燦爛，讓暴雨滂沱，讓

眾生從暗夜裡甦醒，讓我們都有了豐盈的心靈。」〈創世紀詩篇〉

可是令她遺憾的是，她不知道「要有多麼奢華的筆／才能寫出一首素樸的詩」〈幸福〉。她意識到「生命是一場不得不如此的揮霍」〈回函〉，「生命中的場景正在互相召喚／時光與美／巨大到只能無奈地去　浪費」〈燈下之二〉。即使「父親是給我留下了一個故鄉／我卻只能書寫出一小部分」〈父親的故鄉〉。於是她聲言，人「一生的狂熱，一生的揮霍啊／在最後只能示之以／無關的詩」〈試卷〉，包括對原鄉、族人和充滿魔力的蒙古高原上的一切生靈，以及曾擁有世界最廣大疆土的祖先的偉業。

祖先創建的帝國舉世無雙
何等遼闊　何等輝煌
立足於曠野　馳騁於無邊大地

馬背上看盡了世間的繁華興替
那統御萬邦的深沉智慧
是今日的我們所望塵莫及
……
那廣納百川的浩蕩胸懷啊
我們今日只能以歌聲來讚頌
（頌歌）

席慕蓉的遺憾是沉重的。儘管空間會與以往重疊，時光也會倒流，但她總覺得「父親是給我留下了一個故鄉／卻是一處／無人再能到達的地方」〈父親的故鄉〉。

於是她變得安靜起來，相對於驚詫和頓首，相對於激越和悲憤，相對於急切的渴慕、殷實的期許和善意的幻夢。不過她的這種安靜絕無退縮、絕望或自棄之意，而是深深地蘊含著她痛定之後的深思，熟諳之後的茫然，歷練之後的超然。

這是因爲愛的緣故。

她也是高原的孩子，心裡有一首歌，歌中有她父親的草原和母親的河。歌是蒙古長調。長調中迂迴曲折的唱法，在蒙古文中稱爲「諾古拉」，即「摺疊」之意。「我摺疊著我的愛／我的愛也摺疊著我／我的摺疊著的愛／像草原上的長河那樣宛轉曲折」，「我隱藏著我的愛／我的愛也隱藏著我／我的隱藏著的愛／像山嵐遮蔽了燃燒著的秋林」，「我顯露著我的愛／我的愛也顯露著我／我的顯露著的愛／像春天的風吹過曠野無所忌憚」，「我鋪展著我的愛／我的愛也鋪展著我／我的鋪展著的愛／像萬頃松濤無邊無際的起伏」，「反覆低迴　再逐層攀昇」——

在大地與蒼穹之間
我們彼此傾訴　那靈魂的美麗與寂寥
請你靜靜聆聽　再接受我歌聲的帶引
重回那久已遺忘的心靈的原鄉
在那裡　我們所有的悲欣
正忽隱忽現　忽空而又復滿盈
（我摺疊著我的愛）

我讀席慕蓉近作，也同時重新翻閱她從前的散文和詩集，故鄉，是個越來越清晰的主題，也是一段漫長而又壯美的跋涉。她以大半生的時間與作品，譜成了一首追尋之歌，這歌是蒙古長調，在摺疊、隱藏、顯露、鋪展的變化之中，席慕蓉唱出她對蒙古高原不變的渴慕和至愛。

就讓我們乘著這首長調的翅膀，跟著詩人的帶引，到她那我們所有的悲欣在忽隱忽現、忽空而又復滿盈的心靈的原鄉遨遊吧。

——二〇〇四年十一月十一日・呼和浩特

一條新生的母河

——閱讀席慕蓉

楊錦郁

1. 認識席慕蓉

第一次感受到席慕蓉與眾不同，是在閱讀她的《黃羊・玫瑰・飛魚》（一九九六年出版）中的〈荷田手記〉之一。

在花開的季節裡，想看荷，就開車南下去嘉義投宿。第二天早上四點半起床，五點出門，開了十幾公里之後，我就可以安靜地站在台南白河鎮上任何一方荷田的前面了。

整片大地都還在暗暗沉沉的底色裡，只有荷田淺水處那些枝莖空疏的地方，水面倒映著欲曙的天光，開始這裡那裡像鏡子一樣的亮了起來，由於光的來源還很微弱，這些碎裂的鏡面也就還有點沉滯和模糊，像博物館裡那些蒙塵的古老銅鏡，帶著斑駁的鏽痕。

我就站在旁邊，站在植滿了老芒果樹的產業道路上，靜靜等待，等待那逐漸明亮的天色，等待那日出的一刻，等待那一層一層把鏡面拭淨擦亮到最後不可逼視的剎那。

在那日出的瞬間，水色幾乎就是燦然的光，讓一叢叢的蓮枝荷葉都成了深色的剪影，彷彿是刀刻出來的黑白分明。

而在這之間，只有落單的荷花，花瓣在逆光處雖然薄如蟬翼，卻還能帶著一點透明的粉紫，既是眞實又如幻象，讓人無法逼視。

在那一剎那裡，我心中空無一物，卻又滿滿地感覺到了那所謂「美」的極致，只有這樣，只能這樣罷。那燦然的瞬間短到不能再短，只好用我長長的一天不斷地去回味，所謂創作，不過也只能是一種追尋與回溯？

讀完這篇文章後，胸中澎湃，腦海湧現許多疑問：這是一個什麼樣的獨立女子，竟然想到要看荷花，便可以連夜開車從北而下？這個擁有家庭和兩個孩子的婦人怎麼這樣自由？觀察力這樣細緻？文筆如此好？又這麼會畫荷花？

當時，席慕蓉已經以包括「荷花」爲主題的系列畫作聞名畫壇，在文壇上，她的詩集從《七里香》、《無怨的青春》等等，開創了空前銷售成績，讀者群從台灣、大陸到海外的華人世界，甚至到了蒙古。報紙副刊上，不時看到她細膩的針筆畫配上婉美的詩作。

然而，我卻一直到讀了〈荷田手記〉，才受到她文字力量的撞擊，因爲，在短短的文章中，她鋪展出一個絕大多數女子所望塵莫及的生活及心靈世界。於是，開始覺得她特別。

逐漸地知道，她的特別來自許多方面。

席慕蓉，蒙古名字是穆倫・席連勃，父親是察哈爾盟明安旗，母親是昭烏達盟克什克騰旗，皆是貴冑之後。

席慕蓉雖然自幼未曾在自己的故鄉成長，但由於父母親家族與故土間千絲萬縷的情感牽連；她的伯父甚至還因內蒙古的自治運動，遭到日本人暗殺，因此，在她的成長過程中，精神上的鄉愁是隨著她對父母親的孺慕之情與日俱增，她自己甚至說過：

深藏在我們心中，有一種很奇怪的「集體的潛意識」，影響了每一個族群的價值判斷。

心理學家說它是「由遺傳的力量所形成的心靈傾向」。也就是說，去愛自己的鄉土，原來並不是可以經由理智或者意志來控制的行爲。

（《江山有待》風裡的哈達）

由遺傳而來的蒙古文化，以及自己成長所接受到的漢文化，乃至教育和留學歐洲而來的西方文化，在她身上自然匯集，使她成爲一個具有多文化背景的人。

因爲家世的因素，席慕蓉有機會得到完整的教育，由教育所獲得而來的知識，固然成爲她強大力量的來源，更重要的是，從席慕蓉的家庭教育，乃至日後她走入婚姻生活，她所受到的都是極爲平權的對待，父母或丈夫以及子女對她全然的愛與包容。由於一直在平權與愛的氛圍中生活，養成她一種獨特的氣質，就是素樸、眞摯、寬容、趨向美好的事物，當然，她自己也擁有很多愛的能力。而這種未經扭曲、自然天成的性格，在社會化的人群結構中，不免顯得格格不入，甚至不知輕重，所幸，席慕蓉是特別的，她知道自己追求的是什麼。

在接近二十年之後的此刻，重新回過頭來審視這些詩，恍如面對生命裡無法言傳去又復返的召喚，是要用直覺去感知的一種存在，是很難形容的一種疼痛，微顫微寒而確實又微帶甘美的戰慄；而在這一切之間，我終於又重新碰觸到那幾乎已經隱而不見，卻又從來不曾離開片刻的「初心」。初心恆在，依舊素樸謙卑。

（《七里香〔新版〕》序）

再次感受到席慕蓉的與眾不同，是初次拜訪她位於三芝鄉間的家，大約也是在一九九六年，那時，我爲了寫一篇文壇名人夫妻家庭生活的報導，和攝影記者一起去拜訪她和劉海北教授。

印象中，她的家整理得很清爽舒適，屋後眺望出去，有青翠的田園風光。採訪結束後，我們準備告辭，她留我們吃午飯，雖然那時已近中午，她家離台北又滿遠，但初次見面，實在不好意思留下來打擾。不過，她自在地說：「很簡單，就吃水餃而已。」既然不太麻煩，我和攝影記者便恭敬不如從命，於是劉海北先生便開始下水餃。熱騰騰的水餃端上桌後，她說：「我們偶爾吃冷凍水餃。」水餃確是一般，但他們卻拿來一瓶沾醋，那瓶白醋有著造型特別的高頸瓶身，透明的玻璃瓶器裡，置有多種顏色的香草，香草在白醋中曳動，非常好看。冷凍水餃沾香草醋，味覺上沒特別，但視覺上卻充滿了「美」，當下覺得，這兩個人怎麼這麼會過生活。

餐畢，席慕蓉讓我們看看她的蒐藏品，她拉開櫥櫃的抽屜，裡面鋪排著好些蒙古小刀，刀柄有精細的鑲工，然後，她又拿起一個用珊瑚編成的「嘉絲勒」（蒙古婦女出嫁時所戴的頭飾），當她開始向我們解說時，眼眶一紅，當著我們兩個初次見面的採訪記者，眼淚撲簌簌地便掉下來，當下，讓我見到她的眞性情，明白在她幸福的生活背後，內心的惆悵與委屈。

從此，我們成爲心靈上的朋友。

2. 從《成長的痕跡》到《寫生者》

以《寫生者》做爲席慕蓉散文前後期的分界討論，其實是有跡可循的，因爲在《寫生者》出版三個月之後，她首次回到日思夜想的原鄉——蒙古高原。其後，她所出版的散文集已跳脫先前的風格，大抵以蒙古文化關懷爲主題。

如果生命眞如一條河流，在這本書之前，我的心曾經是那樣謙卑而又安靜，倒映著幽谷裡的山光與雲影，戰戰兢兢地提筆，努力想要成爲一個稱職的寫生者。對人間的善意，當年的我，曾經有過多麼熱烈而又天眞的回應啊！

而此刻，我已來到無邊遼闊的出海口，沙岸無人，靜夜無聲，長路上的呼喚都已逐一消逝，在星光之下回顧，生命裡的這塊界石竟然如此清晰而又完整，不禁悲喜交集，無限珍惜。

（《寫生者（新版）》界石）

席慕蓉初期的散文作品，按出版序，有《成長的痕跡》、《畫出心中的彩虹》、《有一首歌》、《同心集》（與劉海北合著）、《寫給幸福》、《信物》、《寫生者》。

這幾本書大抵展現了她從比利時回國之後，一直到一九八九年，踏上蒙古原鄉前，十幾年的生活情形。

做爲一種文類，散文比其他文體更具眞實性，它不似小說充滿了虛構性，若說「文如其人」，那麼從散文中，更易窺得作者的內心世界。

因此，光從席慕蓉的這幾本書名，我們便可輕易地解出：做爲一個寫生者，在成長的痕跡中，她哼一首歌，畫出心中的彩虹，書寫著幸福的日子。

在這段時期，席慕蓉爲人師、爲人婦、爲人母，生活忙碌而充實，我們看到一個爲了送熱便當到學校給孩子，而揮汗走在田埂小路的年輕母親形象，也看到了一個爲了捕捉野生花樹姿態而深山獨行的畫家身影。更讀到了在字裡行間不斷傾訴對周遭老師朋友感謝的有情之人。

席慕蓉在這段時期的散文書寫，大抵可歸爲幾個方向，其一，是關於親情的，如〈劉家炸醬麵〉、〈主婦生涯〉、〈星期天的早晨〉，以及副題爲「寫給年輕母親的信」的〈畫出心中的彩虹〉等等，她在相關的文章中談到孩子的教育，親子互動，家中寵物，以及自己爲家庭主婦的心情，本來這些都是尋常的柴米油鹽醬醋茶，但她卻能從尋常的日子中尋找到一種自嘲，一種美感，乃自屬於私密或心靈的自由，正因如此，使得她的親情散文不至於落入窠臼。譬如：

前幾年，孩子小時，白天在報紙上看到聯合報的記者陳長華，在副刊上寫了一篇短文，說荷花又開了，在植物園的荷池旁有多少美麗的景致。看著看著，心裡竟妒忌起她來。到了晚上，孩子餓了哭著醒來，我一面沖奶，一面狼狽地照顧著，也仍然只有一個念頭在心裡：「明年荷花開時，一定要去畫。」

到了第二年，果然早早地去了，好幾個炎熱的下午，對著滿池的荷，狠狠地畫了幾張，心病就好了。要再犯病，大概就是下一季的事了。

（《成長的痕跡》花的聯想）

又如：

菜葉一層一層地剝下去，顏色越來越淺，水份卻越來越多。

我也正一層一層地將我自己剝開，想知道，到底哪一層才是眞正的我？是那個快快樂樂地做著妻子，做著母親的婦人嗎？還是那個謹謹愼愼地做著學生，做著老師的女子呢？

是那個在畫室裡一筆一筆地畫著油畫的婦人嗎？還是那個在燈下一個字一個字地記著日記的女子呢？

是那個在暮色裡，手抱著一束百合，會無端地淚落如雨的婦人嗎？還是那一個獨自騎著車，在迂迴的山路上，微笑地追著月亮走的女子呢？

我到底是一個什麼樣的人呢？到底哪一個我才是眞正的我呢？

而我對這個世界的熱愛與珍惜，又有誰能眞正明白？誰肯眞正相信？菜葉剝到最後，越來越緊，終於只剩下一個小小的嫩而多汁的菜心。我把它放在砧板上，一刀切下去，淚水也跟著湧了出來。

（《有一首歌》星期天的早上）

其次是關於自然書寫的，尤其是花，席慕蓉自述非常喜歡成叢成叢的花。因爲繪畫訓練，使得席慕蓉擅長於敘述色彩和形狀，她的散文裡對自然山色的描述，十分傳神與精采，宛如一幅畫面呈現在眼前如：

野生的花樹粗獷而又嫵媚，給人一種很奇妙的感覺。

疏朗的枝幹直直向上生長再向四周分叉，枝椏層疊間彷彿毫無顧忌、毫無章法，灰綠的葉莖上長滿絨毛，如果在不開花的季節遇到，不過是些一無可觀的雜樹而已。

但是，當花苞密集叢生在枝頭，當薄薄的花瓣逐朵迴旋開展，顏色從純白到淺粉到淡紅，單瓣的山芙蓉彷彿在秋日的山間演出了一場又一場飄忽的夢境，讓經過的旅人好像也不得不心中飄忽起來。

（《寫生者》山芙蓉）

此外，席慕蓉也不時在作品中書寫她對時間消逝的感喟，她說時間如「河流」、如「飛矢」，當然意指一去不返以及飛快的感覺，在名爲《時光九篇》的詩集中，她甚至將書「獻給時光——那永遠立於不敗之地的君王」，時光是不敗的君王，那麼被時光擊潰而衰敗的生命，到頭來能擁有的只有記憶而已。

由於多情善感，席慕蓉的淚水也不時盈現在字裡行間，這股淚水不單是對生命裡一些事物的感動，有時是為藝術價值之尊崇而動容。

我一直相信，一個創作者所能做到和所要做到的，應該就只是盡力去呈現他自己而已。

但是，要讓這個「自己」能夠完整和圓滿地呈現出來，要在一件作品裡，把所有的思路與感觸都清清楚楚、脈絡分明地傳達出來，卻又是一件多麼困難的事。

那天下午，我站在紐約的現代美術館裡，長途飛行之後，最想見到的第一張畫仍然是莫內的大幅睡蓮。當那熟悉的波光與花影迎面襲來的時候，我心中無限酸楚，熱淚奪眶而出，我終於明白了，在這世間，所謂的「完整的傳達」，其實是不可能的。

（《寫生者》睡蓮）

也常因面對故鄉的人情風土，而百感交集，如在上海博物館裡觀賞正在展出「內蒙古文物考古精品展」時⋯⋯

第一次站在黃玉龍的前面，用鉛筆順著玉器優美的弧形外緣勾勒的時候，眼淚竟然不聽話地湧了出來。幸好身邊沒有人，早上九點半，才剛開館不久，觀眾還不算多。我不明白自己爲什麼會這麼激動，一面畫，一面騰出手來擦拭，淚水卻依然悄悄地順著臉頰流了下來。

是因爲這是從母親家鄉的大地上出土的古物嗎？昭烏達盟這個名字如今已經改稱赤峰市了，然而，不管地名如何變換，這遠在六千年之前的紅山文化，卻眞眞確確是蒙古高原上先民的美麗記憶啊！

（《金色的馬鞍》眞理使爾自由）

3 從《我的家在高原上》到《人間煙火》

從一九八九年秋天初次返回魂牽夢縈的故鄉——蒙古，之後，席慕蓉出版的七本散文集：《我的家在高原上》、《江山有待》、《黃羊．玫瑰．飛魚》、《大雁之歌》、《金色的馬鞍》、《諾恩吉雅——我的蒙古文化筆記》、《人間煙火》，前六本大都與蒙古有關。

經過了十幾年，每年平均兩次以上，宛如大雁般的往往返返，同樣以蒙古為書寫主題，但作者的心境卻已大異其趣。

從一開始充滿了好奇，甚至還帶有點觀光客的心情，席慕蓉盡職地做著觀光者的功課，如攝影、地理環境介紹，甚至怕讀者對蒙古的環境太陌生，而重複地介紹，而她自己也是「一上火車我就被列車上掛著的站名表所迷惑住了，這些又陌生又親切的地名啊！」

在初履故鄉時，我們讀到她所介紹的宗教信仰、敖包文化、游牧文化及黑森林，雖然她努力要去追尋父母親口中的美麗記憶，但物換星移，加上政治上的浩劫，許多山川早已面目全非，連父親記憶中的宅院也不復見。

就是那裡，曾經有過千匹良駒，曾經有過無數潔白乖馴的羊群，曾經有過許多生龍活虎般的騎士在草原上奔馳，曾經有過不熄的理想，曾經有過極痛的犧牲，曾經因此而在蒙古近代史裡留下了名字的那個家族啊！

就在那裡，已成廢墟。

我慢慢走下丘陵，往前方一步一步地走過去。奇怪的是，在那個時候，我並沒有流淚，只是不斷在心裡向自己重複地說著：「幸好父親沒來！幸好我沒有堅持一定要他和我一起回來！」

原野空無人跡，斜陽把我們的影子逐漸拉長。我終於走到那塊三角形的土地上，低頭向腳下仔細端詳，這裡確實已經是一處片瓦不存的沙地了。但是，這中間也不過只是幾十年的光景，要讓從前那些建築從這塊土地上完全消失，光靠時間，恐怕還是辦不到的罷？

是些什麼人？在什麼年代裡？因爲什麼原因？決定前來把這裡夷爲平地的呢？

（《我的家在高原上》今夕何夕）

站在旁觀者的立場，席慕蓉慶幸父親沒有返鄉，再因爲她那時對蒙古沒有眞正的記憶，語言不通，偶爾不免有局外之感，無能眞正融入其中。

然而，「血濃於水」的情感畢竟強過一切，她對蒙古的歷史背景、生活文化充滿了想要了解的渴望，這個渴望促使她不斷地前往，也因此，她自己和蒙古這塊土地開始發生記憶。

山崗坡度很陡，登臨之後，可以看得極遠，然而不管看出去多遠，都只見丘陵起伏，芳草遍野，天與地之間只有一條空蕩蕩的地平線，安靜並且寂寥。

可是，當敖包祭典開始之後，只覺得風颼得越來越緊，怎麼也不肯停息；濃雲在空中聚集，一波接一波撼人欲倒的強風從四面八方撲天蓋地而來，彷彿天地神祇和祖先的英靈都從遙遠的源頭，從莽莽黑森林覆蓋著的叢山聖域呼嘯前來，我心不禁戰慄，而在畏懼之中又感受到一種孺慕般的溫暖。就是在那個時候，我開始察覺，「還鄉」原來並不是旅程的終結，反而是一條探索的長路的起點，千種求知的願望從此鋪展開去，而對這個民族的夢想，成爲心中永遠無法填滿的深淵。

（《江山有待》黑森林）

席慕蓉不但和蒙古發生記憶，隨著她對那塊土地涉入越深，她也迅速地和它過往的辛酸記憶連結起來，在〈丹僧叔叔——一個喀爾瑪克蒙古人的一生〉，她用了較多篇幅敘述了蒙古高原上的蒙古人，以及其中土爾扈特蒙古人原本從天山往西方遷徙，從十八世紀開始，受到政治迫害，又從伏爾加河東返，遭到族群離散人丁凋落的悲慘命運。

在此階段的書寫，我們仍可從字裡行間不時捕捉到席慕蓉滴落的淚水。不同於前期的感傷、惆悵、喜悅、幸福的淚，此時，席慕蓉的淚水中夾雜的是不甘心、不滿，甚至憤怒的情緒。

她不甘心的是蒙古文化的逐漸滅絕。

她不滿的是蒙古地理的遭破壞。

她憤怒的是蒙古歷史的被扭曲。

那時我剛開始往返蒙古高原，對於「内蒙古自治區」的一切，有著太多的困惑，很需要和人傾談。

歷史的詮釋權一旦不在自己手中，整個民族的昨天、今天和明天全部變得面目模糊，即使是書上印的白紙黑字，也不知道該要相信哪一部分才好？也許只有學者才能給我解答？

《金色的馬鞍》在巴比倫河邊）

同樣的，在這一階段的散文，席慕蓉也延續了她的時間感，不同於以往那種心裡對時間的消逝很著急，很無奈，嘴上卻又要不時提醒自己「不要急，慢慢來。」的家常。此時，面對種族長河般的大歷史，面對無與倫比的大勳業，面對無力扭轉的大浩劫，她沉澱、安定下來，她知道能做的想做的事急也急不來，因爲這將窮她畢生的時間。

即使在一件只有幾公分大小的飾牌上，我們也可以感覺出這種在大自然的生物鏈上無可奈何的悲劇，在毀滅與求生之間所迸發出來的內在的生命力。而由於這種種矛盾所激發的美感，匈奴的藝術家們成就了青銅時代最獨特的一頁，使得今日的我們猶能在亙古的悲涼之中，品味著剎那間的完整與不可分割。……

在空間與時間的交會點上，有幸能夠接觸到這一切與「美」有關的訊息，眞如一副金色的馬鞍，可以作爲心靈上的憑藉，也引導著我在通往原鄉的長路上慢慢地找到了新的方向。

（《金色的馬鞍》代序）

4 結語

席慕蓉的作品裡常常出現「河」的意象，這河，或是地理上的，或是時間上，或是心靈上，無論如何，隨著她筆下的河域，我們穿過了蒙古草原，走進了她生命的長河。

對席慕蓉而言，有幾條河是非常重要的，一是她的母親之河——希喇穆倫河，因爲這條河源自她母親的家鄉，流過她母親的年輕歲月，有太多母系家族的記憶。另一是她父親在異鄉的河——萊茵河，這條河貫穿她年輕歲月在歐洲讀書時和父親的情感交流，多年之後，她見到了原鄉，沿著這條河，她和父親又有過無數次關於故鄉記憶的談話，又過了九年，一九九八年冬天，也沿著這條河邊，她捧回了父親的骨灰。

如今，雖然父母已逝，但席慕蓉循由多年的追尋，卻將原鄉所有的細支脈流匯聚起來，自己儼然是另一條有活水源頭的母河，宛如她的蒙古名字穆倫——大江河之意。這條新生的母河將承載著多元的文化記憶，壯闊入海。

——二〇〇四年十月於台北

後記

這是我的第六本詩集，得詩四十二首，附有兩篇評論。

內蒙古的文學評論家哈達奇．剛先生，從蒙古高原的角度來評析我的詩作，指出其中許多我至今還不曾清楚認知到的追求與跋涉。原來，生命裡的「發現」從來不是單方面就可以成就的，必須是要「從她發現草原和族人，到草原和族人發現了她」之後，才能成爲一場眞實和完整的追尋歷程。我何其幸運，能夠得到原鄉的接納和督促。楊錦郁女士則是以生活在台灣的好友身分，細細解讀我散文創作的背景，給我溫暖的鼓勵。在此向兩位深致謝意。

更要謝謝「圓神」的工作伙伴，每次合作都是極爲愉悅的好時光！尤其要謝謝正弦，在版面的編排上，給了我許多新知與觸動。

當然，還要謝謝認眞細心的謝晴，還有好友簡志忠先生多年來對我的幫助和鼓勵。

書成之日將是三月，正逢國家音樂廳舉行「錢南章樂展」，作曲家全場二十首新曲都以我的詩作入歌，女高音徐以琳教授演唱，鋼琴家王美齡教授伴奏，預期是一場盛會。

二〇〇五・一・三　於淡水

席慕蓉 書目

詩 集

1981.7 七里香 大地
1983.2 無怨的青春 大地
1987.1 時光九篇 爾雅
1999.4 邊緣光影 爾雅
2000.3 七里香 圓神
2000.3 無怨的青春 圓神
2002.7 迷途詩冊 圓神
2005.3 我摺疊著我的愛 圓神

詩 選

1990.2 水與石的對話 太魯閣國家公園
1992.2 席慕蓉詩選（蒙文版） 內蒙古人民
1992.6 河流之歌 東華
1994.2 河流之歌 北京三聯
1997.6 時間草原 上海文藝
2000.5 世紀詩選 爾雅
2001 Across the Darkness of the River（張淑麗英譯）GREEN INTEGER
2002.1 夢中戈壁（蒙漢對照） 北京民族
2003.9 在黑暗的河流上 南海

畫 冊

1979.7　畫詩（素描與詩）　皇冠
1987.5　山水（油畫）　敦煌藝術中心
1991.7　花季（油畫）　清韵藝術中心
1992.6　涉江采芙蓉（油畫）　清韵藝術中心
1997.11　一日一生（油畫與詩）　敦煌藝術中心
2002.12　席慕蓉（40年回顧）　圓神

散文集

1982.3　成長的痕跡　爾雅
1982.3　畫出心中的彩虹　爾雅
1983.10　有一首歌　洪範
1985.3　同心集　九歌
1985.10　寫給幸福　爾雅
1989.1　信物　圓神
1989.3　寫生者　大雁
1990.7　我的家在高原上　圓神
1991.5　江山有待　洪範
1994.2　寫生者　洪範
1996.7　黃羊·玫瑰·飛魚　爾雅
1997.5　大雁之歌　皇冠
2002.2　金色的馬鞍　九歌

2003.2	諾恩吉雅（我的蒙古文化筆記）正中
2004.1	我的家在高原上（新版）圓神
2004.9	人間煙火　九歌

散文選

1988.3	在那遙遠的地方　圓神
1997.6	生命的滋味　上海文藝
1997.6	意象的暗記　上海文藝
1997.6	我的家在高原上　上海文藝
1999.12	與美同行　上海文匯
2000	我的家在高原上（息立爾蒙文版）蒙古國前衛
2002.6	胡馬・胡馬（蒙文版）內蒙古人民
2002.12	走馬　上海文匯
2003.9	槭樹下的家　南海
2003.9	透明的哀傷　南海
2004.1	席慕蓉散文　內蒙古文化

小品

1983.7	三弦　爾雅

◇美術論著

1975.8　心靈的探索　自印

1982.12　雷射藝術導論　雷射推廣協會

◇傳 記

2004.11　彩墨・千山馬白水　雄獅

◇編 選

1990.7　遠處的星光
　——蒙古現代詩選　圓神

2003.3　九十一年散文選　九歌

附註：《三弦》與張曉風、愛亞合著。《同心集》與劉海北合著。《在那遙遠的地方》攝影林東生。《我的家在高原上》攝影王行恭。《水與石的對話》與蔣勳合著，攝影安世中。《走馬》攝影與白龍合作。《諾恩吉雅》攝影與白龍、護和、東哈達、孟和那順合作。《我的家在高原上》新版攝影與林東生、王行恭、白龍、護和、毛傳凱合作。

Eurasian Publishing Group
圓神出版事業機構
圓神出版社
Eurasian Press
http://www.eurasian.com.tw　reader@mail.eurasian.com.tw

圓神文叢　15

我摺疊著我的愛

作　　者／席慕蓉
發 行 人／簡志忠
出 版 者／圓神出版社有限公司
地　　址／台北市南京東路四段50號6樓之1
電　　話／（02）2579-6600．2579-8800．2570-3939
傳　　真／（02）2579-0338．2577-3220．2570-3636
郵撥帳號／18598712　圓神出版社有限公司
副總編輯／陳秋月
主　　編／林慈敏
責任編輯／謝　晴
美術編輯／陳正弦
印務統籌／林永潔
監　　印／高榮祥
校　　對／席慕蓉．周文玲．謝　晴
排　　版／陳采淇
總 經 銷／叩應股份有限公司
法律顧問／圓神出版事業機構法律顧問　蕭雄淋律師
印　　刷／祥峯印刷廠
2005 年 3 月　初版
2024 年 4 月　12刷

定價 240 元　ISBN 986-133-058-5

國家圖書館出版品預行編目資料

我摺疊著我的愛 / 席慕蓉 . -- 初版. -- 臺北市：
圓神，2005〔民94〕
面； 公分. --（圓神文叢 ；15）
ISBN 986-133-058-5（精裝）

851.486 94000638